L'UNIVERS RÊVÉ

ARMAND KONAN

L'UNIVERS RÊVÉ
www.luniversreve.com

Révisions
Séverine Mallet, www.neoplume.fr
Marie Quoëx, www.mots-lierre.com
Angèle Bassolé
Raphaël Klemm

Illustration de la couverture
Régis Konan

ISBN 978-1-9990858-0-3

Dépôt légal : 3ᵉ trimestre 2019
Bibliothèque nationale du Canada

À Delphine et Lambert, mes parents.

À ma sœur, Marlène, et à mon neveu, David.

1

Il avait le pouce sur le bouton « Envoyer ». Il l'effleurait presque. Sa main tremblait encore. Alors, il l'ôta de l'écran. Cette réponse, se disait-il, il pourrait l'envoyer à son ami un peu plus tard, après tout. Allez, il se donnait un peu de temps pour réfléchir. Le courage lui viendrait bien, pensa-t-il encore. Pour l'heure, quelques pensées lui venaient à l'esprit. Des images d'une ville futuriste. Elles étaient agréables, rassurantes. Sa réponse, il se promettait d'y revenir dans un instant. Il l'oublia. Déjà, il marchait en pensées dans une avenue aux gratte-ciels si hauts qu'ils touchaient un ciel aux couleurs d'aurore boréale. Des voitures filaient au-dessus de la chaussée. Ensuite survinrent quelques secousses, puis le retour à la réalité. Revenant à lui, il se redressa en sursaut, attirant l'attention des passagers de cette rame de métro. Puis il se calma et, d'un sourire gêné, masqua son embarras. Assis à sa droite, un homme d'un certain âge ne cachait ni son amusement ni son étonnement.

« J'ai cru avoir manqué ma station, dit-il à l'homme.

— Et quelle est votre station ? J'aurai peut-être à vous réveiller d'ici là. »

Il répondit par un sourire timide.

« Le plus étrange, reprit l'homme, c'est que vous gardiez les yeux ouverts.

— Disons que… je visualisais.

— Ah, si seulement nous pouvions voir votre rêverie ! Elle semblait si captivante.

— Je pourrais arranger ça…

— Vous pourriez faire apparaître vos pensées ? Comme ça ? »

Souriant, il fit défiler les photos de son téléphone pour afficher une image.

« Non, grâce à ce tableau ! » dit-il en lui tendant son téléphone.

L'homme l'observa et demeura en contemplation le temps d'une station.

« C'est beau ! On croirait pouvoir entrer dans ce monde. C'est de vous ?

— Je l'ai peint, dit-il alors que son visage s'illuminait. Regardez bien l'écran, à présent : l'image change, elle est vivante. Ces effets sont créés par ordinateur via un algorithme que j'ai élaboré. À un certain niveau, l'image digitale se crée elle-même. J'ai voulu évoquer la nouveauté de l'instant.

— Innovant ! Vous combinez peinture et intelligence artificielle. Exposez-vous ?

— Peut-être…

— Vous le devez ! Absolument !

— On me le propose, justement. Mon meilleur ami. Mais…

— Mais ? »

Le visage du jeune se fit alors plus grave. Il reprit son téléphone pour montrer le message qu'il hésitait encore à envoyer.

« Quelque chose bloque, dit-il.

— Vous avez peur. Mais au fond, croyez-moi, vous le désirez ! Impossible de produire une telle œuvre, sinon !

— En fait… je sens qu'une exposition est une porte ouverte sur une nouvelle vie. Et ça ne correspond pas vraiment à l'image que je me fais de moi. Et puis il y a les critiques. Je les ressens comme des flèches tirées contre moi.

— Belle analogie, les flèches… Permettez-moi de vous aider. »

L'homme lui prit le téléphone des mains et approcha son pouce du bouton d'envoi.

« Non ! » cria-t-il en avançant sa main vers l'appareil.

Mais l'homme avait feint le mouvement pour, au contraire, éteindre l'appareil. Il le lui rendit et reprit :

« Ce n'est pas le moment de l'envoyer. Vous êtes rêveur. Assumez d'abord celui qui se cache à la source de votre rêverie et ensuite, ça se débloquera… »

Sa station arrivant, il se leva.

« Je vous aurai donc tenu éveillé, dit encore l'homme en souriant. Votre nom ?

— Eliam !

— Appelez-moi pour l'exposition, Eliam », dit-il en lui laissant sa carte.

Eliam sortit du métro et, en ce vendredi soir d'automne, il retrouva une avenue de Montréal qui baignait dans une atmosphère grise et sombre. La pluie venait de cesser, laissant derrière elle un arrière-fond de brume. Devant, au loin, les immeubles perdaient leurs contours en leur sommet. Il allait retrouver les autres…

2

Un autre message reçu.

« Ness arrive ! Dépêche-toi ! » écrivait Sacha.

Alors il pressa davantage le pas pour ne pas gâcher la surprise faite à sa sœur. On célébrait la sortie de son premier documentaire, dans un bar-restaurant au dernier étage d'un hôtel.

« Tu es où ? » insistait sa copine.

— Tout près !

— C'est ça, toujours en retard ! Encore perdu dans tes rêves. »

Il sourit un moment, replongeant ensuite dans ses pensées. Il approchait de l'entrée de l'hôtel tel un somnambule quand… une passante le bouscula.

« Pardon, monsieur. »

Sortant de sa rêverie, il la dévisagea l'air surpris. Elle reprit :

« Désolée, pouvez-vous me donner l'heure ?

— Dix-neuf heures ! » répondit-il en lui présentant sa montre.

Puis il lui indiqua une horloge située un peu plus loin, à l'entrée de l'hôtel, pour lui faire remarquer qu'elle l'avait dérangé inutilement.

« Là-bas également… dix-neuf heures ! dit-il avec un sourire espiègle.

— Oh ! Désolée, je ne l'avais pas vue, répondit la jeune dame en éclatant de rire. »

Et il était reparti, physiquement comme en pensées. Il n'entendait déjà plus les rires. Ses yeux fixant le trottoir humide, il restait sourd aux bruits de son entourage, comme si autour de lui s'étaient érigés des murs.

Et puis, en un instant, le trottoir s'assécha. L'environnement s'éclaira. Il redressa le visage, figé de stupéfaction. La réalité avait changé. Elle avait pris les traits de son inconscient. Elle ressemblait en tout point à ce tableau qu'il avait peint.

« Où suis-je ? » pensa-t-il.

Sa rêverie venait de se matérialiser et elle l'entourait…

3

Autour, désormais, une rue bondée de passants. L'air ambiant réchauffé. À droite, il aurait dû y avoir cinq marches, une esplanade et l'entrée d'un immeuble. À présent, le bâtiment avait pignon sur rue. Ses vitres, non plus transparentes, mais teintées en bleu. Il revint sur ses pas sans reconnaître Montréal.

À gauche, au lieu d'une rue, il y avait une grande avenue. Ses voies par deux fois élargies, sillonnées de bolides dans les deux sens. Tous donnaient l'impression de se déplacer en lévitation, à dix centimètres au-dessus de la chaussée.

Sur le trottoir d'en face, un immeuble, véritable colosse de la forme de l'Empire State Building de New York. Il dépassait les mille mètres de hauteur, comme tous les autres. Tous si hauts qu'ils atteignaient les nuages. Le ciel était bleu et parsemé de zones incandescentes, jaunâtres et rougeâtres. C'étaient les phénomènes lumineux d'une aurore boréale.

Il restait paralysé, le regard happé par la démesure et la beauté. Il connaissait le rêve lucide, lorsque le sujet était conscient de son songe en plein sommeil. Peut-être se réveillerait-il dans son lit ? Il se mordit les lèvres et se gifla dans l'espoir de se réveiller. Autour, les passants, imperturbables, en déplacement. Il voulut passer un appel, mais son téléphone n'avait plus de connexion.

« Mais… je connais ces gens », se dit-il en observant chaque visage.

Dans un regard, il découvrait un ancien camarade d'école. Dans un autre, une amie croisée la veille ou une actrice. Dans un aboiement, un berger allemand qu'il avait eu.

Il remarqua un écriteau. Il indiquait la direction vers un lieu nommé « Dôme », qu'il situait à cent kilomètres.

« Eliam », grogna quelqu'un.

Il se retourna et découvrit un homme à la forte carrure, portant lunettes de soleil et débardeur, debout près d'une Lotus. Mais Eliam s'enfuit. Il courait à présent en espérant retrouver un endroit rassurant. Là d'où il venait, et où il avait toujours connu le réconfort. Alors, l'environnement se métamorphosa en fonction de ce désir. Le ciel prit une couleur bleue. D'un côté, les immeubles baissaient en taille et en nombre. Ils étaient parsemés en quelques endroits d'arbres et de végétation. De l'autre, ils disparaissaient, laissant place à une lagune. Le soleil marquait davantage sa présence. Interrompant sa course, Eliam découvrit un autre lieu, qui ressemblait à Abidjan.

À cette vue, il se calma, car elle semblait tellement familière et si naturelle. Il scrutait l'horizon, désormais en toute sérénité. Un sentiment de paix s'installait. Il s'étonnait de vouloir rester pour toujours dans ce monde inconnu.

« Quel est ce phénomène ? La réalité se transforme selon mes émotions intimes… ou simplement mon inconscient, comme dans un rêve. »

Et en face, la lagune s'étendit pour devenir un océan. Sur la rive, le paysage se transformait, prenant les allures de différentes villes côtières africaines. Bassam. Lomé. Dakar.

À côté, de nouveau, l'insigne du Dôme et cet inconnu qui s'approchait. Eliam, cette fois, le laissa arriver.

« Tu aimes ce paysage ? demanda l'inconnu.

— Qui es-tu ? Où suis-je ? dit Eliam, quelque peu sur la défensive.

— Mon nom est Rodéo.

— Il me semble te connaître… comme tout ici !

— Évidemment. Tu as toujours été ici. »

Rodéo le fixa du regard et reprit avec un air plus grave :

« Le temps presse, Eliam… Tu dois me suivre au Dôme.

— Le Dôme ?

— Nous devons nous y rendre, car notre monde est menacé par les fantassins. Si on ne les arrête pas, ils imposeront leur tyrannie. La peur. Et plus rien ne sera possible.

— Qui sont-ils ? Où sont-ils ?

— Découvre… dit-il, découvre le désastre de leur passage, à trente-six lieues d'ici. »

Rodéo ouvrit ses mains, d'où se déploya un film en trois dimensions montrant une population en proie à la panique, fuyant dans les rues d'une cité détruite, plongée dans l'obscurité. Elle était atta-quée par des hommes encapuchonnés en treillis noirs. Ils tiraient avec leurs arbalètes. Des forces de l'ordre essayaient tant bien que mal de contenir l'attaque.

« Les flèches, dit Eliam avec effroi, les flèches de la critique !

— Ils prennent ville après ville. Ils arrivent… »

Le ciel s'assombrissait. La mer s'agitait. Le vent se levait. Autour, les gens hurlaient d'effroi et prenaient la fuite.

« Viens ! Au Dôme se trouve la solution. »

Mais il ferma les yeux, avec le désir ferme de sortir de l'étrange. En les rouvrant, il revit sa réalité habituelle : Montréal, le centre-ville, le ciel gris, la brume, les voitures, les passants et l'entrée de l'hôtel en face. Et la jeune passante qui riait encore. Tout semblait s'être produit en un clin d'œil.

Avait-il halluciné ? L'horloge de l'entrée de l'hôtel affichait toujours sept heures. Quant à sa propre montre, elle avançait désormais de dix minutes. Point d'hallucination ! Le phénomène avait eu lieu matériellement dans un lieu inconnu, et il en avait mesuré le déroulement. Dix minutes dans cet ailleurs pour moins d'une seconde dans sa réalité habituelle. Il s'assit sur les marches pendant près d'un quart d'heure pour encaisser le choc.

« J'étais dans une autre réalité… qui reflète mon inconscient ! Comment est-ce possible ? » se demanda-t-il.

4

« Contrôle tes pensées et cela ne se reproduira plus ! » se répétait-il.

Les portes de l'ascenseur s'ouvraient. L'air dans le vague, il pénétra dans un décor dont la simplicité se reflétait aussi bien dans le style, que dans les courbes et les tons unis. La salle remplissait un étage, bordé de baies vitrées. Dans ce bar du centre-ville, le vendredi, dès dix-neuf heures, régnaient la musique funk, les sonorités afro et les élaborations éclectiques du DJ. Alors, il y avait les amis. On y revoyait les anciens de la fac.

« Eliam ! criait-on ici et là.

— T'as raté la surprise !

— T'étais où ? »

Il nageait dans la foule en répondant simplement par un sourire et des mains serrées.

« Oublie ce qui vient d'arriver ! » pensait-il encore.

Et un salut donné de loin à Khalid qui chantait encore sa sérénade de compliments à Cheyanne, la gérante devenue amie. Mais elle était trop débordée pour y céder. Ils en riaient, Aude, Nour et Miguel. Et leurs têtes qui balançaient comme un punching-ball. La musique jouait le rôle du boxeur. Il n'y avait pas moyen d'esquiver ce rythme et ces accords répétitifs que les musiciens appellent groove.

Au coin de la table, Ness et Sacha, une fois de plus, partageaient ce que personne ne savait ni ne saurait. Pas même Eliam, qui scrutait les alentours pour les trouver. Il remarqua plutôt Quentin, qui faisait déjà la promotion d'un prochain événement auprès de Jing.

Eliam se laissa enfin emporter par le son, admirant la scène puis la ville du sommet de cette tour. Il ferma les yeux.

« Tu devrais peindre cette vue, Monsieur le retardataire », dit Sacha derrière lui.

Il se tourna et la prit par la main.

— Quelque chose ne va pas ? demanda-t-elle.

— Je me demandais où tu étais, au milieu de tout ce monde. Rien de plus.

— Justement, je crois bien qu'il y a plus. »

Il la regarda en silence. Alors elle reprit :

« La fatigue, peut-être ?

— C'est ça. »

5

Ici et là, on félicitait Ness. Eliam gardait quant à lui le visage fermé. Passant leur commande au bar, Quentin lui demanda :

« Pourquoi n'es-tu pas content pour elle ? »

Gêné, Eliam fit mine de ne pas avoir entendu. Quentin reprit :

« Est-ce que tu as au moins une réponse à me donner concernant l'exposition ?

— Tu l'auras demain.

— Ça fait maintenant un mois que je l'aurai "demain". Un mois, frangin !

— Parce qu'on s'était donné ce délai, non ?

— Oui, mais en général, on répond avant la limite, dit-il alors qu'ils trinquaient.

— Allons sur la terrasse », répondit Eliam pour se soustraire à la pression.

Sur leur chemin, verre à la main, ils partageaient salutations et anecdotes avec leur entourage en avalant des petits fours. Une fois dehors, Quentin insista :

« J'ai récemment vendu cinq toiles d'un artiste, mon gars. Il est d'Ottawa et commence à être connu à Paris et New York. Il est bon, tu sais, mais rien qu'on n'ait jamais vu. Pas comme toi et ton concept d'œuvres vivantes. Réponds "oui" pour l'exposition Eliam, et tu iras encore plus loin. Avoue-toi la vérité. Démissionne de cette start-up et lance-toi, point final !

— Tu es mon meilleur ami, donc de parti pris, dit Eliam.

— Je suis un agent, donc averti. Dans tes œuvres, c'est un univers de rêve qui se matérialise. Crois-moi ! »

Un peu plus loin, Ness continuait à recevoir des accolades de félicitations.

« De plus, ce "oui" t'évitera d'être jaloux de ta sœur. Elle suit sa voie, Ness !

— N'importe quoi !

— Ah oui ? Alors, pour la deuxième fois, pourquoi n'es-tu pas content pour elle ? Tu ne peux pas tout dissimuler ad vitam æternam. Ça prend forme, Eliam. Moi, je le sens déjà. »

Eliam le fixa, tant la métaphore de son ami était en phase avec l'expérience qu'il avait vécue deux heures auparavant, dans cette réalité étrange.

« Hé, selfie, les chéris ! » cria Ness en les interrompant, toute joyeuse.

Elle rassembla Sacha et quelques autres :

« Allez tout le monde, selfie, selfie ! »

Photo faite, elle fixa son frère et lança :

« Hé, mon grand ! T'es le prochain sur la liste. Bientôt, une soirée pour toi et tes tableaux !

— Je n'arrête pas de le lui dire, dit Quentin.

— Quentin, dit Sacha, tu auras beau tirer sur une plante, elle ne poussera pas plus vite. Laisse simplement faire la vie.

— Eh ben voilà, encore notre psy et ses allégories, rétorqua Quentin.

— Laisse tomber, dit encore Sacha, changeons de sujet. Dis, Eliam, pourquoi surnomme-t-on ta sœur "Ness" ?

— Parce que c'est cool, répondit-il l'air blasé.

— Menteur, répondit Ness. Parce que quand je suis née, il avait trois ans et n'arrivait pas à dire "Vanessa". Alors c'est resté.

— Oh que c'est mignon ! » clamait-on autour d'eux en riant.

Cheyanne, la gérante, se joignit à la joute.

« Quentin, dit-elle, pourquoi Ness a-t-elle surnommé ta voiture "la Ferraille" ?

— Parce qu'elle est tout le contraire d'une Ferrari ! répliqua Ness. Un engin vieillot, sécurité zéro ! »

Les vannes n'en finissaient pas. Sacha prit Eliam en aparté.

« Mais qu'est-ce que t'as, ce soir ? Dis-moi à quoi tu penses », lui demanda-t-elle.

Sa réponse se limita à un regard et un sourire. Elle insista :

« Ce serait plus simple s'il m'était donné de voir tes pensées. »

Cette remarque le piqua, et il prit un air amusé.

« Eh bien tu sais quoi, il y a un monsieur qui m'a dit un peu la même chose, dans le métro. Alors, et si c'était possible ?

— J'imagine difficilement comment… Ou peut-être avec un ordinateur branché sur ton cerveau, dit-elle sur le ton de la plaisanterie.

— Et si la réalité, dans sa forme, pouvait refléter mon inconscient ? Imagine une réalité physique qui adopterait le comportement d'un rêve en se transformant en fonction de ce que je vis au fond de moi.

— Mais où vas-tu chercher tout ça, Eliam ? » poursuivit-elle.

Elle marqua une pause et réalisa la portée de l'idée. Elle s'exclama :

« Attends une minute… Mais ce serait cool ! Tu imagines ? »

Sur le coup, elle attira les regards de leurs amis. Puis elle baissa le ton et chuchota :

« Je crois franchement que ce serait une chance extraordinaire. Ce serait un peu comme un monde issu d'un rêve. Donc un rêve réalisé, ou une réalité rêvée, conclut-elle, ou mieux… un univers rêvé ! Il te suffirait de l'explorer, de le parcourir encore et encore pour te découvrir, pour savoir ce qui est important.

— Et pour rencontrer mes craintes… Ce serait dangereux.

— Mais tu pourrais les affronter et aller au-delà.

— Et peut-être en mourir.

— Seulement si tu as des tendances suicidaires. Mais rassure-moi sur ce point ! dit-elle avec un air taquin.

— Je crois que nous n'avons rien à craindre de ce côté. D'ailleurs, je pense qu'en contrôlant mon inconscient, je pourrais maîtriser une telle réalité et en faire ce que je veux. Je pourrais faire apparaître d'un coup les solutions aux problèmes rencontrés.

— Mais non, Eliam ! Ça ne se maîtrise pas, l'inconscient. Pourrais-tu par exemple décider de quoi tu rêveras cette nuit ?

— Bien sûr que non !

— Eh bien voilà ! Même principe. L'inconscient est une réalité incontrôlable, Eliam, indomptable et imprévisible. Il reflète plus tes élans profonds que ta raison. En t'efforçant de contrôler tes pensées et tes émotions, tu influencerais uniquement certains aspects d'une telle réalité. Les formes, disons. Mais pour éliminer tes problèmes de fond, il te faudrait simplement suivre le processus de résolution que te présenterait ton inconscient.

— Encore une de tes théories de psy, dit-il avec un sourire.

— Mais ces théories sont toujours fondées sur des réalités », répondit-elle avant d'éclater de rire.

Puis elle réfléchit un instant, avant de continuer :

« Et parlant de réalité, on dirait que c'est vrai, cette histoire. »

Il lui lança un regard mystérieux.

« Non, tu me fais marcher avec ton idée, dit-elle, intriguée.

— Évidemment…

— Attends quelques secondes », dit-elle en se retournant vers une amie.

Eliam en profita pour s'éloigner de tous un moment. Le regard tourné vers l'horizon, il s'ouvrait désormais pleinement à l'idée de revivre cette expérience et de rejoindre le Dôme. D'autant plus que son échange avec Sacha l'avait éclairé.

Il comprenait de son expérience qu'elle ne relevait pas de son imagination mais d'une réalité propre. Il s'agissait de la manifestation subite d'un environnement physique, constitué d'une matière aux propriétés spéciales. Celle-ci interagissait avec le psychisme du sujet. Elle se transformait en fonction des remous de l'inconscient de celui-ci. L'environnement extérieur se faisait alors le reflet de son monde intérieur. Le sujet y vivait un rêve matérialisé. Cette autre réalité apparaissait en cas d'intense rêverie et se dissipait lorsque le sujet éprouvait un sentiment ferme de répulsion. Eliam ignorait cependant pourquoi sa rêverie attirait cet ailleurs.

L'expérience dans cet univers surréaliste était très intense émotionnellement pour le sujet. Elle rappelait celle de personnes qui avouaient avoir vu toute leur vie défiler devant leurs yeux, lorsqu'elles avaient failli avoir un accident de la route, par exemple. Si l'intensité émotionnelle pouvait faire défiler psychiquement une multitude d'images dans un laps de temps très court, au sein de l'autre réalité, ce phénomène était matérialisé. Par conséquent, Eliam y avait vécu une série d'événements qui avaient duré dix minutes, ce qui correspondait à moins d'une seconde dans notre réalité habituelle. Ce qui expliquait le décalage temporel qu'il avait constaté une fois sorti de l'ailleurs. Il se dit que ce phénomène de décalage temporel n'était pas sans rappeler la théorie de la relativité, selon laquelle plus on se déplace vite, plus le temps ralentit. Il constatait que dans l'autre réalité, à l'inverse, on avait la possibilité d'accélérer le temps par rapport à notre réalité.

Il se laissa aller pendant un instant quand, par maladresse, il lâcha son verre, qui se brisa. Regardant les débris et son cocktail renversé, il vit le sol du balcon se transformer en trottoir. Redressant la tête, il s'aperçut que les alentours changeaient de forme. Son inconscient venait de se matérialiser de nouveau.

Il s'étonna de ce que les débris de verre et le liquide aient été transportés là, avec lui. Sans doute, se dit-il, parce qu'ils étaient tout près de lui. C'était la seule explication. Tout autre corps suffisamment proche pouvait donc l'accompagner.

Alors, il scruta les alentours et, pensant à Sacha, il se dit : « L'Univers Rêvé… »

6

Réalisant un tour complet, il identifia les alentours. Le ciel était orageux, avec des éclairs. La ville, avec son jet d'eau sur un lac, ressemblait à Genève. Elle était quasi déserte. Sur la route passaient quelques rares véhicules. Ils roulaient à si grande vitesse que la lumière de leurs phares créait des filaments rouges et blancs. Une pancarte situait de nouveau le Dôme à cent kilomètres.

Il aperçut, à travers la baie vitrée d'une galerie, une œuvre qui le représentait. Elle le montrait criant, jambes écartées, nerfs du cou tendus, s'écartelant le thorax pour libérer ce qu'il emprisonnait en lui.

La Lotus s'arrêta. Eliam y monta.

« Je vois que tu t'es décidé », s'exclama Rodéo en démarrant.

Le visage serein, Rodéo pilotait avec l'aisance d'un professionnel. Ses virages, à la limite du dérapage, témoignaient de sa fougue. Il suivait des trajectoires parfaites, manipulant le levier de vitesse à merveille. Il personnifiait l'essor d'une créativité libre, impétueuse et inspirée.

« Les habitants sont en fuite. Les fantassins se rapprochent, notait-il, les forces de l'ordre font leur possible, mais pour combien de temps ?

— Et pourquoi le Dôme ?

— Il renferme en son sein un joyau dont l'éclat lumineux est le seul à pouvoir restaurer l'ordre ici. Tu dois t'en approcher à moins de trois mètres pour en déclencher le rayonnement. Tu es le seul à pouvoir le faire.

— Peut-on éviter ces fantassins ?

— Le combat est inévitable. Mais j'en ferai mon affaire, de cette horde.

— Et moi de même ! » dit Eliam.

À cet instant, un revolver apparut immédiatement dans la main du jeune homme. L'environnement répondait à ses élans.

« Non… Laisse-moi faire, répliqua Rodéo.

— Mais c'est d'abord mon combat !

« — Puisque tu insistes… Mais sache que ces ennemis sont encore plus redoutables que tu ne le penses. Ils t'empêcheront par tous les moyens d'atteindre ton but. Par leurs flèches, ils te feront entrer dans un état de rage, de tristesse et de découragement. Tu perdras l'envie de te rendre au Dôme et ils auront gagné. Sache aussi que même en perdant la vie, un fantassin demeure une menace, car ses forces sont alors transmises au reste de la troupe. C'est pourquoi il est nécessaire qu'ils disparaissent jusqu'au dernier. »

Au fur et à mesure de l'avancée des voyageurs, les édifices cédaient la place aux arbres. La piste rappelait un circuit de Formule 1. Ils roulaient compteur presque bloqué. Pourtant, Rodéo conduisait sereinement. Les arbres, hauts d'une cinquantaine de mètres, s'arcboutaient à leurs extrémités sans se toucher. Eliam levait la tête pour juger de leur taille quand le toit du véhicule devint transparent, rendant visible un ciel grisâtre. Le Dôme n'était plus qu'à cinquante kilomètres.

Eliam sentait le courage le gagner. Il désirait prendre l'initiative. Après tout, il s'agissait de son combat. C'était donc à lui de s'imposer. Ce volant, il aurait voulu le tenir, il aurait aimé appuyer sur la pédale d'accélération et atteindre le Dôme au plus vite. Ce changement de tempérament occasionna une nouvelle transformation. Subitement, il fut surpris de se retrouver en position de pilote, Rodéo désormais assis sur le siège passager.

« Incroyable ! dit-il les yeux rivés sur son copilote, alors que la voiture ralentissait.

— Reste attentif, lui dit Rodéo.

— Je sais. Je sais », cria-t-il, un peu exaspéré par ce ton paternaliste.

Son désir de s'affirmer grandissait encore et encore, à tel point que Rodéo disparut. À sa droite, désormais, un siège vide.

Mais cette tentative pour gagner son autonomie était vaine. Une Aston Martin le doubla par la gauche. Rodéo la pilotait, lui faisant signe de rouler à sa suite. Eliam n'acceptait pas d'être le second dans une réalité qui le représentait et qu'il se sentait désormais posséder. Il accéléra et dépassa Rodéo. Il y eut une succession de dépassements à mesure que les kilomètres défilaient…

7

Le chassé-croisé continuait. Les bornes annonçaient le Dôme à quarante kilomètres, puis trente, et enfin vingt-cinq quand… une masse s'écrasa sur le capot de la Lotus, causant sa déformation. Une tête couverte d'un capuchon en émergea. Un visage portant ses traits, mais bien plus grossiers. Un visage d'homme de Cro-Magnon. Un visage sombre, aux yeux et aux dents brillant de blancheur. L'être fixait Eliam à travers le pare-brise et grognait tel un tigre. La nuit tomba subitement. On entendait des rires. D'un coup de coude, il transforma la vitre en débris. Eliam découvrit un fantassin.

« Abandonne, Eliam ! grogna celui-ci. Vaine est ta lutte ! »

Eliam freina, avec l'espoir que l'arrêt soudain propulse l'agresseur sur la voie. Mais le fantassin s'accrocha au capot avec ses griffes. Il finit par viser sa proie avec son arbalète. Sa flèche frôla Eliam, qui l'esquiva.

Rodéo arriva. Il sortit de son véhicule et projeta depuis ses mains des rayons de lumière vers l'agresseur. Celui-ci les évita en effectuant une pirouette arrière. Il se réceptionna sur la voie et tira une succession de flèches. Eliam s'en protégea en s'abritant derrière la Lotus. Rodéo se déroba par des mouvements gracieux, tel un danseur, et par des roulades et des acrobaties de breakdance.

« Cache-toi dans la forêt ! » cria Rodéo à son protégé.

Dans sa fuite, arme à la main, Eliam remarqua quatre autres fantassins tombant des arbres trente mètres plus loin. Rodéo toucha le premier agresseur. Le corps de ce dernier se désagrégea tandis qu'une onde s'en déployait pour atteindre les quatre autres fantassins. Ils reçurent un surplus de force.

Dans son mouvement vers Rodéo, l'un d'entre eux bondit pour s'accrocher d'une main à une branche. Il effectua plusieurs tirs contre Rodéo, l'éloignant de la forêt. Puis il exécuta un saut périlleux en direction des bois pour partir traquer la proie de plus haute importance.

Les trois autres entouraient désormais Rodéo, multipliant les tirs, mais le combattant danseur, grâce à ses feintes et au déploiement de ses rayons, en vint à bout. L'inspiration prenait le dessus sur la peur. Il pénétra à son tour dans la forêt.

La densité de la végétation rendait la course d'Eliam ardue. Le son des rires de son poursuivant lui parvenait, couplé avec des chants d'oiseaux. L'angoisse le gagnait, le crispant davantage, assombrissant d'autant plus l'environnement. Une flèche arriva. Il esquiva le projectile en se couchant sur le côté. Il se replia derrière un arbre.

« Eliam… domine tes peurs… affronte-les, pour une fois », se dit-il doucement.

Il réalisa que l'écoute de son intuition pouvait lui servir à anticiper les attaques de ses peurs. Il se calma, ferma les yeux et prévit le danger. Il tourna un regard vers le ciel. Une flèche se dirigeait vers lui. Il l'évita puis abattit le fantassin perché.

Des oiseaux s'envolaient, apeurés par le bruit. En se désagrégeant, le fantassin les atteignit par les tirs de son ultime manœuvre. Une aura bleue se forma autour des volatiles. Ils adoptèrent un comportement de rapaces, doublé d'hystérie, et lancèrent leur assaut sur Eliam.

Le jeune homme se démenait avec ses bras et, par des tirs, tentait de les abattre. Au même instant, des éclats lumineux atteignirent les volatiles, les libérant de leur rage. C'était Rodéo qui arrivait.

« Merci, Rodéo. Mais je sens qu'il y en a d'autres.

— Oui. Dépêchons-nous. L'Aston Martin est encore en bon état. »

8

Il faisait nuit. Des lampadaires bordaient à présent une route sinueuse et un terrain montant. Ils arrivaient au sommet de la colline. Ils voyaient au loin, plus bas, la forêt s'arrêter. Puis il y avait un désert, une ville illuminée donnant sur la mer, un pont vers un point lumineux à l'horizon : l'île du Dôme.

L'Aston Martin continuait son chemin, descendant la colline.

« Devant ! s'exclama Eliam. Je pressens une autre attaque !

— Du calme. »

À cinquante mètres sur la voie, un arbre s'abattit, leur barrant le chemin. Rodéo amorça un arrêt improvisé. Trois soldats bondirent sur le tronc et déversèrent des flèches contre le pare-brise. Derrière, un arbre tomba, emprisonnant la voiture. Deux autres fantassins qui venaient par l'arrière refermèrent le piège. Ils arrosèrent la voiture. Des débris de verre s'effondraient sur les deux victimes, désormais à découvert.

Rodéo effectua un dérapage circulaire, obligeant les fantassins à se déplacer. Il s'extirpa ensuite du bolide avec Eliam.

La voiture séparait maintenant les deux camps. S'ensuivit une succession de tirs des fantassins. Ils approchaient. Ils étaient plus rapides, agiles et doués en acrobaties. L'un d'entre eux osa contourner le véhicule, mais il tomba sous un tir d'Eliam, qui gagnait lui aussi en habileté.

« Pars vers la gauche ! dit Rodéo.

— Ils vont me tirer dessus.

— Vas-y, Eliam ! »

Eliam se précipita vers les bois, attirant l'attention des trois fantassins. Rodéo profita de cette brève inadvertance pour les éliminer.

« Il en reste un, dit Eliam en balayant toutes les directions. Je sens quelque…

— Attention ! »

Trois flèches se dirigeaient vers lui. Toutes esquivées. Puis d'autres tirs dans les deux sens. Le fantassin tomba depuis une branche, disparaissant. Et dans sa chute, l'écho de son rire déferla. Eliam ressentit une douleur à la jambe gauche ; Rodéo écarquillait les yeux : Eliam voyait l'extrémité du corps de la flèche s'écraser sur sa cuisse, tandis qu'une aura bleue s'y répandait. Point de blessure, mais une sensation de froid hivernal dans les zones de son corps où le fluide progressait. Sa propagation le faisait hurler. Il entendait des voix se mêler aux moqueries :

« Minable ! Eliam le minable ! »

L'aura avait pris ses jambes, son torse et venait de dépasser ses épaules, remontait sur son cou, puis sa bouche, son nez.

« Ta lutte est vaine ! Ce n'est pas un chemin pour toi ! Tu m'entends ?

— Calme-toi ! » cria Rodéo.

Une pression, tel un casque, serrait son crâne.

« C'est nul, ce que tu entreprends ! »

L'aura atteignit ses yeux et devint un filtre qui altérait sa vue.

« Tu te trompes. »

Elle finit par l'entourer entièrement et lui imposer l'effroi.

« Tue Rodéo ! »

Eliam s'élança contre Rodéo, qui se défendit. Mais il le prit par le cou et l'étrangla. Tous les deux tombèrent sur la piste. Eliam maintenait sa prise, alors que Rodéo ne donnait plus signe de vie…

L'aura se dissipait. Le filtre quittait ses yeux. Eliam retrouvait ses sens.

« Oh non !» cria-t-il.

Il reconnaissait Rodéo. Allongé. Était-il encore en vie ? Il venait de combattre son élan. Son inspiration gisait désormais, inanimée.

Il ferma les yeux avec le désir de tout abandonner. En rouvrant les paupières, il était revenu sur la terrasse du bar. Montréal de nouveau. La soirée. Les amis. Sacha remarqua qu'il venait de faire tomber son verre. Quentin le regardait, quelque peu intrigué.

« Qu'est-ce que je viens de voir ? s'écria-t-il. Ta silhouette, Eliam. Elle s'est brouillée pendant quelques secondes ! Et il y avait des images…

— Oui, c'était comme le flash d'une photo ! répondit Ness.

— Ness, personne n'a pris de photo ! reprit Quentin. Il y a quelque chose d'irréel là-dedans ! »

Sacha les entendait. Le regard vague d'Eliam et la réaction de Quentin provoquaient en elle un sentiment d'étrangeté.

« Quentin… dit Eliam, pour l'expo, c'est non ! »

Puis il se glissa à l'intérieur. Tous demeurèrent intrigués. Un serveur arriva alors pour nettoyer les débris de verre.

9

« Tu fais une erreur, Eliam ! insista Ness, alors à ses côtés au comptoir du bar.

— Quentin t'a demandé de me parler, c'est ça ?

— Je pense comme lui, dit Ness en riant. C'est juste qu'il me fait peur avec sa pseudo-vision surnaturelle d'il y a une heure. J'ai vu un truc bizarre, mais c'est tout… »

Sacha, à côté, baissa les yeux en silence.

« Sacré Quentin », reprit Ness.

D'un geste de la main, elle invita ce dernier à les rejoindre. Puis elle continua :

« Quoique… je me dis qu'avec toi, tout est possible ! Mais plus sérieusement… Revois ta décision, Eliam. Ce n'est pas toi, bon sang !

— Tout ça ne me dit plus rien. Je viens de perdre l'inspiration, l'élan, l'envie… C'est mort. Fini !

— Arrête de dramatiser. Ça revient, ces choses-là. Allez, on se reprend ! Regarde autour de toi, ça commence à chauffer. Allons danser !

— Et c'est en dansant que tu as pu oser faire ton choix de carrière, hein ? »

Elle prit un air plus grave.

« Pour moi, c'était différent, et tu le sais. Je n'étais douée que pour la réalisation. C'était ça ou aucune chance dans la vie. Nos parents étaient obligés de l'accepter. Et puis, à dix-huit ans, je ne doutais de rien. C'était un passage dur, mais à sens unique. Toi, en revanche, tu es en plein milieu d'un carrefour de possibilités. Avant, tu pouvais encore t'accommoder du choix "sensé". Plus maintenant. Tu dois prendre ce risque et ça fait peur.

— Mais ces peurs… je n'arrive vraiment pas à m'en débarrasser. Et Quentin, il ne comprend pas !

— Une seule solution : Il faut se laisser aller, répondit-elle spontanément. Pas de stress. Reste ouvert à sa proposition. Le courage viendra.

— Elle a raison, dit Sacha timidement alors qu'arrivait Quentin.

— Bien sûr, que j'ai raison ! Et pourquoi as-tu l'air si intrigué, Sacha ? Tu ne vas pas croire aux soi-disant visions de Quentin, voyons ?

— C'est déjà plus concret que la pseudo-réponse de ton frère, crois-moi… dit Quentin, ironiquement.

— Bon, on met tout ça de côté un moment, allons danser ! » s'exclama Ness.

Sur la piste, la soirée battait son plein. Au centre, un espace se créa. Les danseurs y exprimaient des improvisations corporelles allant du breakdance à la capoeira. La piste suintait l'éclectisme. Les mouvements des corps rappelaient Rodéo à Eliam. Il sentait cette inspiration renaître en lui. Rodéo devait forcément vivre. Forcément. Il le croyait, désormais. Alors il rit, enfin. La piste lui redonnait de la force. Il devait y aller.

« Oui, allons-y ! » dit-il aux autres.

Bientôt, ils s'abandonnèrent à la musique. Leurs corps se laissaient entraîner au sein de la foule. Le DJ alignait ses beats de hip-hop les plus élaborés, incorporant des éléments rock, soul, et funk. Les jeux de lumière bleuâtres et les images animées étaient projetés contre les murs, miroirs et baies vitrées. L'endroit et sa foule étaient devenus une œuvre vivante.

Le mouvement d'Eliam s'accordait de plus en plus avec celui de Sacha. Ensemble, ils tourbillonnaient. Sacha se rapprocha encore plus de lui, en rythme et en souriant. Leurs yeux se croisèrent. Leur corps à corps continua un long moment et puis… elle osa :

« L'Univers Rêvé ! lui cria-t-elle en lui saisissant le col, il existe, n'est-ce pas ?

— Mais qu'est-ce que tu racontes ?

— Eliam ! Je le sais ! La réaction de Quentin tout à l'heure me l'a confirmé !

— Mais non… attends, t'es sérieuse ? » dit-il encore, l'air confus.

Vexée, embarrassée, elle s'en alla.

« Attends ! dit-il en l'agrippant.

Lâche-moi ! » hurla-t-elle en se libérant.

Deux clients s'interposèrent. Il les repoussa. Ce brouhaha attira le portier. Il l'évita. Mais les portes de l'ascenseur se refermèrent sur Sacha. Il se précipita dans l'autre.

Une fois dans la rue, il la vit, les bras croisés, adossée contre la Ferraille.

« Oui, Sacha… il existe. Désolé, tu m'as surpris. Il existe bel et bien. C'est incroyable. »

Elle le regardait, émue. Ness et Quentin les rejoignirent.

« Mais qu'est-ce qui vous prend ? » demandèrent-ils ensemble.

Eliam ferma les yeux.

« Et j'aimerais que tu le voies également, Sacha… et eux aussi, pour qu'ils comprennent ce à quoi je suis confronté ! dit-il.

— Je deviens folle. Mais où sommes-nous ? hurla Ness.

— Dans son rêve », répondit Sacha.

Ouvrant les paupières, Eliam vit autour d'eux un désert. La réalité de son inconscient venait à nouveau d'apparaître, les englobant tous avec la voiture…

10

Ils étaient là depuis à peine un instant. C'était le choc. Le soleil se couchait sur une ville à l'horizon. Une route traversait ce paysage stérile. Une pancarte situait le Dôme à quinze kilomètres.

« Qu'est-ce que c'est ? demanda Ness.

— Là devant ! » cria Quentin.

Cinq fantassins venant de la cité couraient vers eux.

« Mes peurs, dit Eliam.

— Dans la Ferraille, cria Sacha, vite ! »

Celui qui se trouvait au centre du groupe tenait une lance. Il l'envoya à une vitesse si grande qu'elle se planta près de la voiture, empêchant Sacha et Eliam d'y entrer. Une pluie de flèches s'abattait sur eux, tandis que tous deux s'éloignaient davantage du véhicule. Pendant ce temps, la lance pénétrait lentement dans le sol qu'elle fissura, causant un phénomène de séparation de la terre. À gauche se trouvaient Quentin et sa voiture. Ness eut le temps d'enjamber la fente pour les rejoindre in extremis. Mais cette fissure grandissait. Désormais, elle était trop grande pour que les deux autres puissent en faire autant.

Le ciel devint nuageux. Les secousses d'un séisme débutèrent. Sacha glissa dans la fente, mais Eliam la retint. D'autres flèches tombaient. Les fantassins approchaient. La fente continuait de s'accroître. Quentin et Ness roulaient désormais pour contourner la fissure et retrouver les autres.

Sacha et Eliam zigzaguaient pour éviter les tirs continuels, désormais plus précis. Cette fois, une flèche effleura la jambe d'Eliam. Puis une autre déchira la manche gauche de Sacha. Devant, ils voyaient enfin arriver la Ferraille. Mais derrière, les fantassins étaient trop proches. Leurs prochains tirs seraient couronnés de succès. Eliam se tourna vers Sacha, l'agrippa et l'entraîna avec lui vers le sol. Il désirait tellement riposter qu'un sac contenant des pistolets apparut sur le sol. Au même instant, la voiture s'interposa entre les soldats et eux. Sacha y entra. Eliam effectua une série de tirs, tout en se faufilant dans la voiture. Il réussit à en éliminer quatre.

« Tu n'aurais jamais dû les mêler à ça, Eliam ! grogna le cinquième. Tu le regretteras ! »

La voiture s'éloignait désormais du soldat, dont l'écho du rire se propageait jusqu'aux jeunes.

« Fonce vers le Dôme, Quentin, si tu veux sortir d'ici ! ordonna Eliam. »

Il accéléra vers la ville. Plus que dix kilomètres.

« Calme-toi, Eliam, lui murmurait Sacha.

— Au contraire ! Je dois rester vigilant. »

Elle pointa le sac d'armes.

« Ce n'est pas la solution. Tout ce qu'il y a dans cet environnement vient de toi. C'est toi qui crées ces soldats. Si tu te calmes, ils disparaîtront.

— Calme ou pas, les flèches m'arrivent dessus. Alors il faut bien se défendre. D'autant plus que vos peurs influencent quelque peu l'environnement ! Oui, maintenant je sens davantage ce qui vient de vous. Comme ces légers tremblements de terre…

— Il n'a pas tout à fait tort, dit Ness.

— Ness ! Tu prêchais le lâcher-prise, il n'y a pas si longtemps.

— Oui, je sais, je sais, Sacha, mais c'est difficile devant pareils monstres.

— En plus, ils sont en train de foutre en l'air ma voiture ! répliqua Quentin.

— Mais elle est déjà complètement foutue, ta Ferraille ! s'énerva Sacha.

— Si jamais nous sortons d'ici, tu me paieras les réparations ! »

La Ferraille pénétra alors dans une ville vidée de ses habitants. Ils parcouraient une voie principale que longeaient des gratte-ciels. Depuis le sommet des tours, des flèches leur tombaient dessus. Alors que Quentin les évitait, Eliam donna une arme à sa sœur, puis en proposa une à sa copine.

« Je n'en veux pas ! dit Sacha. Je ne te tirerai pas dessus. Il doit y avoir une autre solution. J'en suis sûre. Cherche, Eliam…

— Comme tu veux », dit-il en haussant les épaules.

Ness et lui baissèrent leurs vitres et ripostèrent. Au loin, des agents des forces de l'ordre protégeaient la voie d'accès au Dôme par des barricades. La voiture avait subi l'impact de nombreuses flèches. Et ce n'était pas en vain. Des fantassins étaient tombés. Elle finit par atteindre le siège que les agents levèrent pour la laisser prendre le pont.

S'ensuivit un affrontement entre les agents et leurs agresseurs. Il ne laissa vivants que neuf fantassins. L'un d'eux tirait une chaîne dont l'autre extrémité tenait les poignées d'un prisonnier : Rodéo. Il demeurait en vie, mais amoindri. Le fantassin l'empoigna et le mit sur ses épaules comme un sac de riz. Puis les neuf foncèrent sur le pont.

Un peu plus tard, le dernier fantassin arriva sur le lieu des barricades. Il revenait du désert. Sans se presser, il trotta vers le Dôme avec un sourire sa-dique…

11

Le pont se dressait au-dessus d'une mer agitée, gris sombre. Le ciel était nuageux. La nuit tombait. On découvrait le Dôme au loin. C'était un palais en verre bleu illuminé et en forme de Colisée. Des secousses se produisirent à l'arrière.

« Le pneu est crevé ! dit Quentin en sortant avec les autres.

— Ils approchent, courons ! » répliqua Eliam.

Puis il tendit de nouveau une arme à Sacha.

« On ne sait jamais. Protège-toi, au moins. »

Elle la prit à contrecœur, avant de se mettre à courir avec les autres.

Ils arrivaient sur l'esplanade de marbre, à cent pas de l'entrée du Dôme. Des torches posées sur les pylônes l'entouraient. Leur taille avoisinait les cinquante mètres, et il s'en trouvait un tous les soixante mètres. Le Dôme faisait deux fois leur taille, et sa circonférence était si immense qu'il leur faudrait parcourir un kilomètre à l'intérieur pour atteindre le lieu du Joyau, en son centre.

« Quelque chose m'empêche d'avancer », dit Ness.

Quentin et Sacha firent le même constat.

« Ça devient trop personnel ! Il n'y a que moi qui puisse y aller, dit Eliam. Restez cachés derrière les pylônes et lorsqu'ils passeront, tirez-leur dessus ! »

Après avoir donné des accolades à ses proches, il fit quelques pas vers l'entrée avant de se retourner vers eux. Là, regardant Sacha, il lança :

« Je n'oublie pas ta suggestion ! »
Puis il fonça à l'intérieur. L'entrée principale donnait directement sur le hall. Là se trouvaient des centaines de pierres précieuses. Chacune de ces pierres était posée sur un socle et recouverte d'une protection en verre. Elles servaient de lampes, éclairant l'endroit. Et puis, plus en hauteur, d'autres lampes : des lustres flottant en l'air, sans attache.

Dehors, les fantassins gagnèrent l'esplanade, ronronnant comme des fauves, à l'affût de leur proie… Lorsqu'ils dépassèrent les pylônes, Ness et Quentin multiplièrent les tirs. Ils en abattirent quatre et se retranchèrent derrière les colonnes. Deux des fantassins rebroussèrent chemin à la recherche des agresseurs. Les trois autres, dont celui portant Rodéo, pénétrèrent dans le Dôme.

La chasse à l'homme des fantassins se poursuivait sur l'esplanade. Cachés derrière les pylônes, changeant de position au besoin, les trois amis ne les quittaient pas des yeux. Sacha avait une fenêtre de tir. Ses deux amis l'encourageaient à la saisir quand… soudain, le fantassin visé se retourna. Il se précipita vers elle. Elle s'enfuit, zigzagant vers un autre pylône. Un tir la manqua. Se retournant, elle tira par réflexe et l'abattit.

« Belle manœuvre ! » dit l'autre fantassin.

Elle avait une arbalète pointée sur elle. Ce fantassin souriait, immobile. À ses côtés, Ness et Quentin entourés d'une aura bleue. Il les avait eus. Ils en étaient pris de folie.

« Allez-y », leur dit-il.

Ils attaquèrent Sacha. Le fantassin poursuivit sa course. Une fois devant l'entrée, il se retourna avec un rire moqueur. De loin, il atteignit Sacha d'une flèche, puis pénétra dans le palais. Les trois amis se battaient les uns contre les autres.

À présent, quatre fantassins traquaient Eliam à l'intérieur du Dôme. Quant au dernier, il gagnait à son tour l'esplanade.

55

12

Eliam se dirigeait vers le centre pour atteindre le Joyau. Quatre fantassins étaient à ses trousses. Les socles et les lustres se transformèrent en colonnes de lumière. L'un des fantassins s'y heurta et fut éliminé.

L'un des trois soldats jeta Rodéo par terre, où il planta l'extrémité de la chaîne. Caché derrière une colonne, Eliam découvrait son inspiration prisonnière. Ses ennemis ressentaient sa présence. Il ressentait la leur. Il pouvait compter sur son intuition. Voyant passer l'un d'eux, il osa se découvrir et arma un tir qui fut évité. S'ensuivit une succession de tirs, d'évitements, de roulades, de galipettes et de phases de repli. Deux flèches frôlèrent Eliam. Il manqua à son tour sa cible.

Les colonnes de lumière prirent la forme de murs de feu, faisant de l'endroit un labyrinthe. Suivant son intuition, Eliam réalisa qu'il pouvait traverser les murs sans se brûler. Ce n'était pas le cas des fantassins. Les murs bougeaient. Ils l'aidaient à se protéger des agresseurs. Or, ceux-ci n'en finissaient pas de retrouver sa trace. Les phases d'attaques et d'esquives se poursuivirent dans ces couloirs. Les trois fantassins étaient de plus en plus rapides, et Eliam toujours plus intuitif.

Il se replia derrière un mur. Un fantassin passant à proximité heurta ce dernier. Sa main prit feu. Eliam se découvrit pour l'abattre, mais se retrouva entre les deux autres. Ceux-ci armèrent leurs tirs, qu'il évita en se couchant. Les deux fantassins s'entretuèrent ainsi. Et depuis le sol, Eliam élimina le troisième.

Il entendait les pas du dernier fantassin. À lui seul, il réunissait toute la ruse et les forces de l'ensemble de la troupe. Il était le dernier, mais le problème demeurait entier.

« Qu'est-ce que tu es bon, Eliam ! dit-il. Mais contre moi, cela ne suffira pas ! »

Il esquiva les tirs d'Eliam, puis s'accroupit pour caresser la tête de Rodéo.

« N'est-ce pas, Rodéo ? » reprit-il, moqueur.

Eliam prit de nouveau le risque de se découvrir pour l'atteindre. Or, devant lui, se trouvait Rodéo seul, enchaîné. Par réflexe, il regarda vers le haut. Le fantassin lui tomba dessus en tirant. Il l'évita de justesse. Le soldat l'empoigna, mais il s'en libéra. Une autre transformation eut lieu, les laissant dans une immense salle ronde. Le Joyau était au centre, à cent mètres. De nouveau alternèrent phases de tirs, d'acrobaties et de feintes.

Si Eliam était à présent passé maître dans l'art de l'anticipation, il avait dorénavant affaire à l'adversaire le plus rapide qu'il ait jamais rencontré. La lutte dura encore quinze minutes, au point que la fatigue gagna les deux combattants. Eliam désespérait maintenant de remporter ce duel, qui semblait déboucher sur une égalité de fait. Tous deux se retrouvèrent face à face. Debout. Immobiles. Chacun ayant l'autre dans son viseur.

« Tu ne peux pas gagner, grogna le dernier fantassin.

— Toi non plus ! »

Eliam vit, à vingt-cinq mètres, un éclat lumineux sous une protection de verre : le Joyau ! Son visage montrait sa fascination. C'était là la source de son inspiration, et elle l'appelait. Il se sentait déjà plus libre.

« Tu ne peux t'en approcher davantage, mon ami. Impossible. Je t'atteindrai de ma flèche quoi que tu fasses. Je te l'ai dit déjà, ce combat est vain ! » insista le fantassin.

Eliam, contrarié, baissa la tête.

« Quelle est donc l'issue ? pensa-t-il tout haut.

— Ta seule issue, mon ami, c'est de négocier, dit le fantassin.

— Tu plaisantes, fantassin !

— Réfléchis, jeune homme. On peut résoudre ce conflit autrement… Je m'engage à libérer tes proches. »

Ouvrant la main, il fit apparaître une vue de l'esplanade montrant Ness, Sacha et Quentin aux prises les uns avec les autres. La rage d'Eliam monta d'un cran. Le fantassin reprit :

« Vois-tu ? Je peux les libérer de leur folie tout de suite et rétablir ta relation avec eux. Je peux restaurer l'ordre dans le pays tout entier. Tout redeviendra comme avant, tu verras. À l'époque, nous cohabitions. Pourquoi a-t-il fallu qu'il en soit différemment ? Allez, sortons tout simplement d'ici !

— Et Rodéo. Le libèreras-tu ?

— Oui, pour peu que toi et moi arrivions à le contenir !

— Le contenir ? Justement pas ! Rodéo doit être libre, car sa nature est de l'être.

— Écoute. Au tout début, tout allait bien. Le pays était sécurisé, ordonné et tranquille. Et il a fallu que Rodéo gagne en importance. Il est devenu populaire. Il a de plus en plus d'influence sur notre territoire et ses habitants. Qui sait ce qu'il deviendra demain ? Maire, président… roi ? Il veut tout transformer en je ne sais quoi ! Ça devient trop risqué ! On ne peut pas accepter ça ! Il est imprévisible, insondable, et incontrôlable. Il doit être contenu ! Voilà pourquoi j'ai été contraint d'intervenir ! Mais toi et moi, on pourrait trouver un équilibre, après tout. Allez, viens, on sort d'ici. Ne t'en fais pas pour Rodéo, au pire, on pourra lui laisser un peu plus d'espace. Tant qu'on le contrôle…

— Le Joyau ne propose pas de restaurer l'ordre aux dépens de Rodéo. Bien au contraire ! Alors j'irai jusqu'au bout… »

Le fantassin comprit qu'Eliam ne céderait pas. Il hurla :

« Tu n'es qu'un petit naïf ! Comment penses-tu atteindre ton maudit but ? Impossible ! Si tu fais encore un pas, je te transperce de mes flèches. Je ne te laisserai jamais aller vers le Joyau. Jamais ! Ton échec est lamentable ! Minable ! Misérable ! »

Eliam resta pensif. Il garda les yeux fermés, encaissant les mots. Il se souvenait de l'invitation de Sacha à renoncer au combat. Alors, il lui vint une idée. Lâchant son arme, il sourit.

« Vas-y, Eliam ! lui cria Rodéo, enchaîné à genoux au loin.

— Tu fais la plus grosse bêtise de ta vie, cria le fantassin.

— Ma plus grosse bêtise a été de trop t'écouter », rétorqua le jeune homme.

Il se tourna vers le Joyau, lâchant complètement prise par rapport à tout ce qu'il pensait de lui. Il se mit à marcher. Le fantassin lui tira dessus. L'aura bleue se forma autour d'Eliam, brouillant sa vue. Il ressentit des sensations identiques à la première fois, mais il se laissa aller en gardant le regard fixé sur le Joyau. Elles s'atténuèrent aussitôt. L'aura disparut, et il poursuivit sa marche, quelque peu groggy. Plus que dix mètres. Le fantassin recommença. À présent, l'aura n'apparut que pendant la moitié du temps précédent. Sept mètres et le fantassin recommença une fois de plus. Mais l'aura se manifesta à peine.

À mesure qu'Eliam se laissait aller, Rodéo se renforçait ! Celui-ci brisa ses chaînes, se précipita vers le fantassin, le désarma et le retint.

« Allez, Eliam ! » cria-t-il.

Eliam franchit la zone de trois mètres qui entourait le Joyau. Le silence régnait. L'objet était un disque posé sur une tige, tout en or. En son centre, une lentille de verre. Les parois de verre se rabattirent. Un rayonnement lumineux, accompagné d'un souffle parfumé et d'une onde de chaleur, se déploya, annihilant le fantassin. Le rayon se propagea dans tout le pays, restaurant l'ordre.

En cet instant, il perçut la source de son inspiration la plus pure. Ce faisant, le jeune homme venait de remporter la victoire !

13

Une transformation se produisit. Le Dôme disparut. Progressivement, Eliam passa du sol de marbre au compartiment avant d'un avion de ligne. La partie avant de son fuselage était complètement vitrée. Le nez était entièrement transparent.

Ainsi, depuis l'intérieur de l'appareil, comme s'il regardait un film, il pouvait admirer le coucher du soleil tout en planant au-dessus de la mer. Des hôtesses passaient dans les allées, souriantes. Stupéfait, il s'assit sur un siège à l'avant. Rodéo l'y rejoignit.

« Bien joué, Eliam, dit-il.

— Merci encore ! » répondit Eliam en lui faisant une accolade.

Quatre autres avions se rapprochèrent en vol de formation. Les avions descendirent vers l'eau tout en ralentissant et finirent par y plonger. Comme des dauphins, tous effectuaient des sauts, sortant de l'eau et y replongeant successivement. Ensuite, l'appareil sortit, passa près d'un port, avant d'amerrir près du quai. En face, sur l'autre rive, il y avait des falaises qui plongeaient dans l'étendue d'eau. Des éléphants s'y promenaient.

Il découvrit des gratte-ciels sous un ciel ensoleillé. Certains en reconstruction. La ville avait recouvré sa beauté et ses passants. Eliam et Rodéo retrouvèrent Ness, Sacha et Quentin à côté de la Ferraille toute restaurée.

Rodéo et l'Univers Rêvé se dissipèrent pour les laisser dans leur réalité habituelle. Mais ils ne se séparaient ni vraiment de lui ni de cet entourage dont les aspects demeuraient attachés à la personnalité d'Eliam.

Autour d'eux, de nouveau Montréal. Ness et Quentin restaient en état de choc.

« Tu es libéré, Eliam », dit Ness sans vraiment s'en rendre compte.

L'expérience avait été trop forte et trop rapide. Depuis leur entrée jusqu'à leur sortie, ils n'avaient pu s'arrêter pour prendre conscience des choses.

Des jours plus tard, ils penseraient encore que tout cela n'avait été qu'un rêve…

« Il me fallait juste laisser faire les choses, dit Eliam.

— Oui ! répondit Sacha en tombant dans ses bras.

— Oui ! dit-il à son tour à Quentin, qui comprit qu'il recevait sa réponse.

— Merci, frangin, dit ce dernier, partagé entre joie et stupéfaction et peinant encore à se situer dans tout ça. »

14

« Déjà ? Bravo ! Rendez-vous à l'exposition ! » disait la réponse de cet homme à qui il parlait à peine douze heures auparavant dans le métro.

Rangeant son téléphone, Eliam voyait les trois autres, endormis sur le canapé de son salon. Il était six heures du matin. Ils n'avaient presque rien dit depuis leur retour et s'étaient écroulés de fatigue, absorbant encore le choc. Il souriait en les regardant. Depuis la baie vitrée de ce dix-septième étage, il voyait le jour se lever sur la ville. Quelque chose lui inspira l'envie d'une balade.

Une fois dehors, il se souvint de la façon dont tout avait commencé. Mais désormais, son regard était différent, plus attentif à son entourage. Il remarquait les premiers passants, voitures et autobus. Avant, à peine les aurait-il vus. Tout l'inspirait. Mille idées d'œuvres lui venaient à l'esprit. Il marchait, le regard tourné vers l'avant. Son attention se portait désormais sur le paysage environnant. Celui que tous pouvaient percevoir.

Et puis, devant, il nota de nouveau l'étrange. Un éclat et un flou se formèrent autour d'une passante d'une cinquantaine d'années. Puis le phénomène se dissipa, la laissant intriguée. Cette fois, il était l'observateur extérieur. L'expérience le surprenait de nouveau : elle pouvait arriver à d'autres. Après tout c'était logique, car cette réalité avait son existence propre. Il s'approcha donc de la dame.

« Vous visitiez votre rêve physiquement, n'est-ce pas ? lui demanda-t-il gentiment.

— Comment le savez-vous ? » demanda-t-elle à cet inconnu à qui elle sentait qu'elle pouvait déjà se confier.

Il la fixa alors avec tant de sérénité qu'elle s'apaisa et que son visage se détendit.

« Ne vous en faites pas. Laissez-moi vous expliquer. », lui dit-il avec un sourire…

FIN DE *L'UNIVERS RÊVÉ*.

Du même auteur

L'UNIVERS RÊVÉ en version longue

Pour continuer l'aventure, visitez
www.luniversreve.com